LA FILLE

AUX SERPENTS

SOUVENIR DES ANTILLES

PAR

D. PÉRÉGRINE

Avec une Eau-forte d'Alfred Le Petit

PARIS

LIBRAIRIE DES BIBLIOPHILES

Rue Saint-Honoré, 338

M DCCC LXXVI

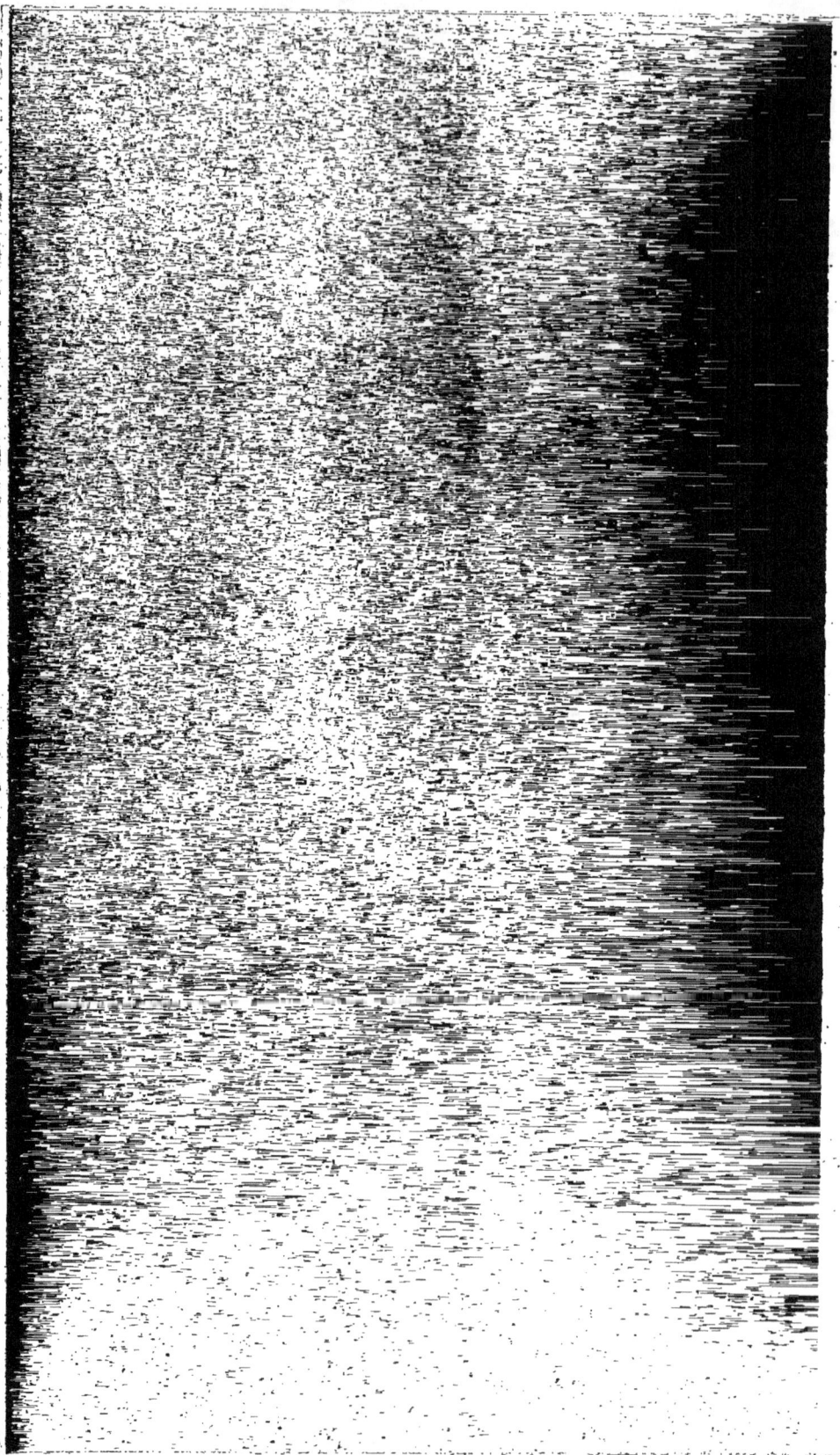

LA

FILLE AUX SERPENTS

8°Y²
392

LA FILLE AUX SERPENTS.

LA FILLE

AUX SERPENTS

SOUVENIR DES ANTILLES

PAR

D. PÉRÉGRINE

Avec une Eau-forte d'Alfred Le Petit

PARIS

LIBRAIRIE DES BIBLIOPHILES

Rue Saint-Honoré, 338

M DCCC LXXVI

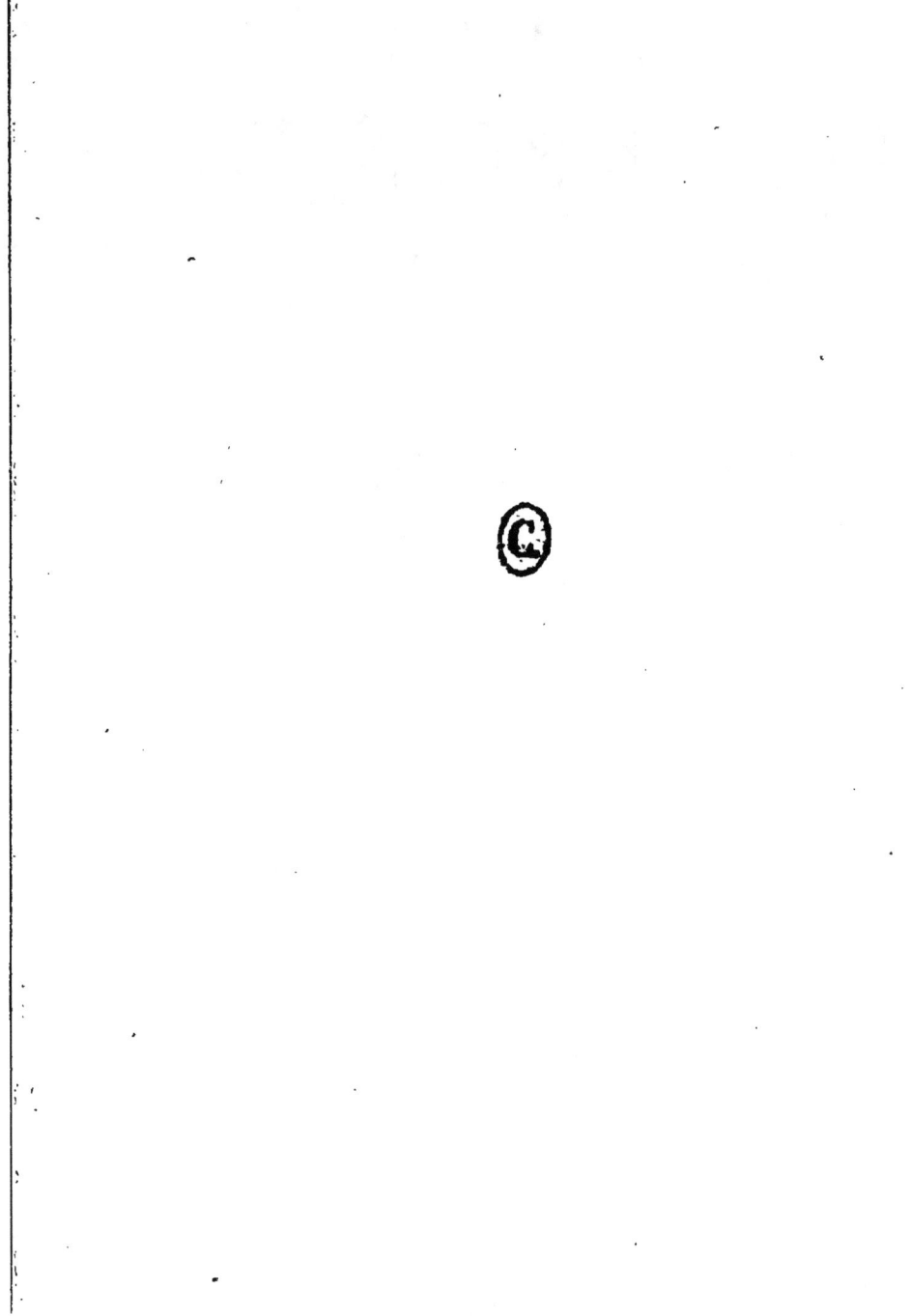

A Lucien DIDA

En inscrivant ton nom en tête de ce petit livre, c'est au compagnon de mes premiers voyages que j'offre cette page intime, ce simple feuillet détaché de mon carnet de touriste.

Mais, à un autre titre, cette dédicace te revient de droit. Le héros, — si héros il y a, — ne figure-t-il pas, en effet, dans ta collection ?

Suum cuique.

PÉRÉGRINE.

Draveil, mai 1875.

1.

Tout est morne dans la savane,
Héva dort sous les bananiers ;
Le vent gémit dans les palmiers.
L'oiseau se tait, la fleur se fane...
Tout est morne dans la savane ,
Héva dort sous les bananiers !

Dans son linceul de blanche gaze
Héva dort sous les bananiers ;
Depuis, j'erre sous les palmiers,
Ou, seul, je pleure dans la case ;
Car Héva, dans sa blanche gaze,
Dort sous les larges bananiers !

Mon pauvre cœur, dans la savane,
Dort aussi sous les bananiers ;
Adieu hamacs, case, palmiers,
Sur tout un deuil immense plane...
Avec Héva, dans la savane,
Mon cœur dort sous les bananiers !

F.-J. ALBERT LOUIS.

LA

FILLE AUX SERPENTS

UNE fille étrange, Corah ! Elle mourut aussi d'étrange fa-çon. Il faut vous dire qu'elle avait au cœur une passion, et c'est cette passion qui la perdit.

Dans toute la robustesse de ses seize ans, elle succomba brusquement ; et la mort laissa ainsi inachevés, sur ses lèvres une mélopée et un sourire, en son âme un roman d'amour.

Quel est celui qui, sentant battre en ses artères un sang jeune et généreux, ne s'ingénie à prodiguer au dehors la somme d'affection que la nature lui a départie, et cela sans songer le moins du monde à la réciprocité?

A tout prendre, on aime ce qu'on peut: les plantes, les bêtes ou ses semblables, encore heureux de pouvoir se dire qu'on a aimé!

Corah, elle, aimait les serpents. Vous avez bien lu: les serpents. Pourquoi? Je l'ignore; ce serait folie de chercher à expliquer les goûts d'une fille, et d'une fille aussi bizarre que Corah.

Un jour, le rossignol des Antilles venait par ses cris plaintifs de signaler la présence d'un serpent dans l'habitation. Tom, un vieux nègre que j'avais à mon service, me dit :

« Mouché, ce n'est pas la peine d'aller chercher le fusil ; Corah, qui est là, tuera bien le serpent. »

Qui était Corah ? Je ne m'en mis pas en peine et ne me dérangeai pas ; aussi bien un serpent dans mon jardin, c'était là chose trop ordinaire pour m'étonner.

Quelques instants après, je vis entrer dans ma chambre une très-jeune Indienne qui traînait nonchalamment derrière elle un trigonocéphale de plus de six pieds.

Tom, avec sa prudence habituelle, ne suivait le reptile qu'à distance respectueuse. Pourtant l'animal était mort, et bien mort.

« Eh! mon enfant, dis-je à l'Indienne, vous maniez ces bêtes-là comme si vous n'en aviez pas peur. »

La jeune fille, qui, le corps du serpent sous son bras, examinait avec curiosité sa tête aplatie et ses crocs venimeux, le laissa tomber lourdement; puis, mettant son pied nu sur ce corps jaune tacheté de noir, elle me répondit en se dandinant mollement :

« Je suis Corah.

— Ah! très-bien; je suis heureux de vous connaître, Corah... Et c'est votre métier de prendre des serpents?

— Ce n'est pas un métier, me dit-elle en un mauvais français qu'elle entremê-

lait de mots anglais, ce n'est pas un métier;
je tue les serpents qui viennent dans les
cases, parce que cela rend service et que
ces serpents sont mauvais.

— Il y a donc de bons serpents? demandai-je en riant.

— Oui, il y en a de bons; mais ceux-là
restent dans les bois et ne font de mal à
personne, à moins qu'on ne les inquiète.
Alors, s'ils se vengent, ils ont raison.

— Comment? fis-je étonné.

— Nous les tuons chez nous, ils nous
tuent chez eux. Corah trouve cela juste.

— Et Corah s'entend bien à les tuer,
ajoutai-je en montrant du doigt le trigonocéphale dont le corps ne portait la trace
d'aucune meurtrissure. Comment donc
as-tu fait?

— C'est mon secret, » me répondit gravement l'Indienne en se croisant les bras.

Elle était vraiment belle ainsi, et je me mis à la regarder.

J'admirais sa tête intelligente bien que petite, coiffée d'un madras jaune avec cet art et cette coquetterie dont les filles des tropiques ont le secret; ses yeux profonds, dont la prunelle irradiait, étoile noire dans un ciel de nacre ; toute son attitude enfin, faite de contrastes harmonieux : de sveltesse et de rusticité, de grâce et de sauvagerie.

Une robe de cotonnade bleue aux blanches rayures, assez courte, découvrait la finesse de ses attaches et laissait deviner les contours élégants de ses membres grêles, mais nerveux, le galbe pur d'un corps plein d'élasticité.

Voyait-elle que je l'admirais? Sans doute, puisqu'elle était femme ; mais elle avait trop la fierté de l'Indienne pour paraître s'en apercevoir, et, les yeux baissés, elle demeurait immobile.

Dieu sait combien de temps nous serions restés ainsi l'un et l'autre, si Tom, qui s'était enhardi peu à peu au point de s'approcher du trigonocéphale, ne se fût écrié :

« Bien sûr, c'est le serpent qui est venu l'autre jour à la cuisine nous voler le dîner. »

Et, fort de cette conviction, Tom se mit à injurier *compère* le serpent et à le traiter de gourmand, de gredin et de voleur,

avec je ne sais combien d'autres améni-
tés.

Corah me parut s'impatienter de cette
scène. Aussi je crus devoir intervenir en
disant à Tom :

« Voyons, es-tu bien sûr que ce soit
là le même serpent?

— Oh! Mouché! on n'est jamais sûr;
un serpent ressemble toujours à un serpent. »

Corah poussa un petit sifflement de
mépris, et je l'entendis murmurer en anglais :

« Un nègre ressemble bien à un
nègre. »

Puis elle fit mine de s'en aller. Je la
retins et lui demandai ce qu'elle voulait
en échange de son bon office. Du regard

elle passa rapidement en revue les quelques objets qui ornaient ma chambre, et ses yeux s'arrêtèrent avec envie sur une cravache à manche d'ivoire qui était accrochée au mur ; elle l'examina un instant, puis elle prit un air indifférent. Je réitérai ma question et, comme elle n'y répondait pas, je détachai la cravache et la lui donnai.

Elle leva sur moi ses deux grands yeux étonnés, qui paraissaient me dire :

« Comment avez-vous pu deviner que c'était cela que je désirais ? »

Puis elle ajouta :

« Vous êtes bon. Si vous voulez, je vous apporterai beaucoup de serpents. »

Et, joyeuse, elle sortit en fouettant l'air de sa cravache.

Tom venait de pousser le corps du trigonocéphale dans mon laboratoire. Je l'appelai et lui demandai ce qu'il savait sur Corah.

Il se mit à rouler ses yeux en boule de loto, comme s'il avait quelque chose de très-mystérieux à m'apprendre, et me raconta une longue histoire où intervenaient les Zombis (*revenants*) et les Quienbois (*maléfices*).

Voici, en somme, de tout ce verbiage, ce que je pus comprendre :

Corah, qui parlait l'anglais couramment, avait été amenée toute jeune dans le pays par une Anglaise de Bombay, qui était morte trois ou quatre ans après.

Depuis, personne ne s'était occupé de la jeune Indienne, qui avait poussé comme elle avait pu, tant bien que mal, en vraie plante vivace qu'elle était.

Il est si simple de vivre en ces luxuriantes contrées que le soleil caresse ardemment, et où la nature se fait si prodigue de faciles jouissances, que l'homme satisfait s'endort sans nul souci du lendemain, loin de la misère frissonnante des pays froids !

Corah s'était vite familiarisée avec les splendeurs qui l'entouraient; elle s'était choisi une demeure dans la forêt, et elle avait fait connaissance avec tout ce qui vivait à côté d'elle. Elle s'était intéressée à tout, même à ce qui rampait; aux plantes elle avait demandé leurs secrets.

On disait qu'elle savait composer des breuvages qui guérissaient de la morsure des serpents; de plus, elle avait la réputation de charmer les reptiles et de faire, même des plus dangereux de ces animaux, tout ce qu'elle voulait.

Je fis la part de la superstition, et pour le reste je résolus de mettre à profit les talents de Corah afin de me procurer des reptiles.

Lorsque je la revis, le surlendemain, je lui demandai à quoi lui servait la cravache.

« C'est, me dit-elle en riant, pour châtier mes amis les serpents. »

Le fait est qu'elle les recherchait sans

crainte aucune; aussi ne se passait-il guère de jour qu'elle ne m'apportât quelque reptile.

En échange d'une vipère ou d'un crotale, je lui donnais des bouts de ruban ou de menus objets dont elle se parait avec une grâce mutine.

Nous étions vite devenus bons amis.

Je voyais avec la satisfaction bien légitime d'un naturaliste ma collection d'erpétologie s'augmenter rapidement, et cela, je l'avoue la rougeur au front, sans me donner la moindre peine.

Corah allait au-devant de tous mes désirs de collectionneur; une fois même elle poussa ses prévenances un peu trop loin.

Ce matin-là, je venais de m'éveiller;

et je soulevais les rideaux de la moustiquaire pour appeler Tom et lui demander
ma tasse de café habituelle, lorsque
j'aperçus, assise sur une berceuse au
pied de mon lit, la jeune Indienne qui
attendait patiemment mon réveil.

Elle tenait avec gravité les deux coins
de sa robe dans laquelle je parvins à distinguer, non sans peine, quelques brins
de mousse. Elle parut ravie de mon air
intrigué, et, poussant un petit cri joyeux,
se mit à prendre à pleine main les herbes
qui avaient attiré mon attention, puis des
fleurs qu'elle éparpilla gaiement dans la
chambre. Mais quel ne fut pas mon étonnement de voir s'agiter çà et là, dans ce
fouillis de verdure, des petits serpents de
toute espèce et de toute couleur !

Si petits et même si jolis qu'ils fussent, j'ordonnai à Corah de les ramasser au plus vite et de les mettre dans un vase d'où ils ne pussent s'échapper, car j'avais reconnu parmi eux le serpent-corail et quelques autres dont la morsure est presque toujours mortelle.

Je m'habillai d'assez mauvaise humeur, non sans avoir secoué mes vêtements et examiné mes bottes avec soin.

Corah me promit de ne plus me faire de pareilles surprises et de ne m'apporter à l'avenir que des serpents morts.

Cet incident ne troubla pas le moins du monde notre amitié. Chaque jour, au contraire, nos relations prenaient un caractère plus intime; Corah entrait dans ma chambre, à toute heure, sans que j'y

visse aucun inconvénient. Cela m'avait
bien paru dès l'abord quelque peu gê-
nant; mais, comme elle n'était ni curieuse
ni remuante, je m'étais promptement
habitué à sa présence.

Dès mon réveil, lorsque j'allais savou-
rer, le cigare aux lèvres, l'air du matin frais
et parfumé comme un sorbet, je savais
qu'elle n'était pas loin, et je ne tardais pas
à entendre sa chanson, plus douce que
celle du bengali, ou son rire aux sonorités
cristallines.

Alors elle paraissait, avec des vivaci-
tés d'oiseau-mouche, mordant à pleines
dents la chair ferme et fibreuse d'un
mangot, ou la bouche toute barbouillée
de la blanche crème d'une pomme-
cannelle.

Elle était si radieuse le matin qu'on eût dit qu'elle avait encore de l'aurore plein les yeux, et je songeais à part moi où elle avait pu prendre le repos de la nuit.

C'était sans doute sur un lit de feuilles sèches, dans quelque ajupa abandonné, où elle délassait ses membres jusqu'au lever du soleil.

Mais l'après-midi, quand le sol surchauffé brûle les pieds nus, et que pas un souffle d'air ne vient rafraîchir l'atmosphère torride, à l'heure où tout se tait, où tout repose, où tout semble obsédé et comme dompté par un vaste accablement, elle s'endormait, subissant ainsi cette pression implacable du silence à laquelle d'ailleurs nul être ne peut se

soustraire, pas plus le nègre dans sa
case que l'oiseau dans la forêt et le
caïman appesanti sur la vase desséchée.
Le fleuve même, dont aucune brise
ne vient rider la surface, coule plus pa-
resseusement comme un liquide métal
entre ses rives assoupies.

Il s'élevait devant la vérandah un
immense bouquet de verdure fait de bananiers aux larges feuilles déchiquetées,
et d'où les tiges sveltes des bambous
émergeaient.

C'était une merveille d'architecture vé-
gétale. On eût dit un temple aux colonnes
élégantes, aux arceaux majestueux, d'où
descendait je ne sais quel calme plein du
recueillement si propice au *far niente* des
tropiques et au nonchaloir créole.

Sous une voûte ombreuse, à travers les interstices de laquelle avaient peine à filtrer de minces rayons de soleil, j'avais suspendu un hamac où Corah aimait à se blottir.

D'innombrables plantes grimpantes, la vanille odoriférante, des passiflores, des bignonias, s'entrelaçaient autour des bambous, et, penchant sur la jeune Indienne leurs fleurs pâmées, lui faisaient un nid baigné de suaves fraîcheurs et comme une harmonie d'épanouissements.

Après la sieste, Corah passait le reste de la journée à me voir préparer dans mon laboratoire des pièces pour mes collections. Elle paraissait prendre le plus grand intérêt à mes travaux, et devant les bocaux remplis de rhum où je conservais mes reptiles elle avait des exclamations de surprise et des gestes étonnants d'ingénuité.

D'autres fois elle m'accompagnait dans mes chasses, toujours plus fructueuses avec elle, car elle connaissait les bons endroits; elle me conduisait dans des bois où, seul, je n'eusse jamais osé pénétrer, de peur des serpents ; avec elle, chose étrange, je ne craignais rien, et, chose plus étrange encore, il ne m'arriva jamais le moindre accident.

Cependant Corah ne vivait pas conti-
nuellement avec moi; de temps à autre
elle disparaissait sans rien dire, et faisait
des absences de deux à trois jours. Je
n'ai jamais su au juste où elle allait.

Je lui avais bien adressé une question
à cet égard, mais elle ne m'avait répondu
que par un petit sifflement qui chez elle
indiquait le mécontentement ou le dépit.
Je me l'étais tenu pour dit et j'avais renoncé à satisfaire ma curiosité à ce sujet.

Elle m'en savait gré, et, chaque fois
qu'elle revenait d'une de ses escapades,
elle me rapportait des plantes rares ou

3.

nouvelles pour moi. Toute joyeuse, elle
me faisait asseoir à côté d'elle sur une
natte où elle étalait sa moisson.

C'étaient presque toujours des inflo-
rescences singulières, des feuilles bizarrement découpées ou percées à jour, des
tiges étrangement tordues, en un mot des
excentricités végétales dont elle raffolait.

Elle s'extasiait sur certaines fleurs aux-
quelles elle trouvait, je ne sais trop pourquoi, un air drôle et une physionomie
originale. En me les montrant, elle riait
follement, et ses vêtements, son corps
même, exhalaient des senteurs d'aromates
qui me faisaient songer à la forêt et ral-
lumaient ma curiosité.

Si alors un nuage passait sur mon
front, elle redoublait de prévenances, et

sa voix prenait des inflexions caressantes
qui dissipaient vite ma rêverie.

Un jour, pour classer une plante qui
m'était inconnue, j'avais été chercher un
livre de botanique. Je la vis, non sans
surprise, ouvrir le volume et s'efforcer de
déchiffrer quelques mots. Sa maîtresse
lui avait dans le temps, paraît-il, donné
quelques leçons de lecture. Je mis ces
dispositions à profit, et lui montrai à
épeler.

Elle savait déjà parler l'anglais et le
français presque couramment; elle voulut lire à la fois ces deux langues. J'y
consentis, et je fus étonné de la rapidité
de ses progrès.

Je n'avais guère que des ouvrages
d'histoire naturelle et surtout de bota-

nique : elle s'intéressa à cette science, et
voulut savoir bientôt les noms de toutes
les plantes qu'elle avait sous les yeux. Je
les lui appris et fus émerveillé de la fa-
çon dont elle les retenait. Encouragé, je
résolus de lui enseigner le nom des serpents qu'elle connaissait si bien ; mais là-
dessus elle ne voulut rien entendre.

Elle se souciait bien de diviser les reptiles en genres ou espèces, quand parm
ces animaux elle savait distinguer les in-
dividus, et qu'elle prêtait même à chacun
d'eux un nom et un caractère différents !

D'ailleurs, sur les serpents, elle avait
une foule d'idées très-arrêtées, et il me
fut impossible de la faire renoncer à sa
bizarrerie.

En somme, Corah était une élève qui

me faisait honneur, elle était déjà pour
moi, dans mes travaux et mes excursions,
une compagne utile; elle me devint une
véritable amie. Aussi nous ne pouvions
plus guère nous passer l'un de l'autre.

Qui le croirait? j'en étais presque
arrivé à philosopher avec elle. Le cœur
de cette enfant était comme une fleur dé-
licate à peine éclose, dont j'aimais à voir
s'écarter lentement les pétales, et qui
avait pour moi des parfums inconnus;
mais la fleur avait quelquefois des pus-
deurs de sensitive : elle se refusait obsti-
nément à ouvrir sa corolle, et je restais
étonné, maudissant une curiosité, sans
doute maladroite, cherchant la cause de
ces hésitations, de ces défiances su-
bites.

Jusqu'alors Corah avait grandi comme
une liane, s'enlaçant dans sa faiblesse à
ce qui lui présentait un appui ; elle avait
vécu en communion avec ce qui vivait
comme elle dans les bois, dont les voix
innombrables lui étaient familières : c'é-
taient des chants et des cris de toute
sorte, des battements d'aile, des bruisse-
ments de feuilles, des chuchotements
sous les pierres, des susurrements dans
l'herbe qui s'agitait, et cela formait une
symphonie où chaque être donnait sa
note et faisait sa partie.

Deux fois par jour, au lever et au
coucher du soleil, le concert avait son
scherzo ; un frisson passait dans les branches, et, tout vibrant à l'unisson, une
grande clameur s'élevait, puis s'apaisait

peu à peu, et finissait presque par s'éteindre en soupirs étouffés. Alors l'on n'entendait plus rien qu'un murmure affaibli, semblable à une lente et tranquille respiration.

Le plus petit bruit avait une signification pour Corah; le moindre craquement lui révélait une infinité d'existences, même occultes, qu'elle avait appris à connaître peu à peu. Chaque plante avait ses hôtes, chaque arbre ses familiers; chaque buisson était un gîte, chaque touffe d'herbes un abri. La vie était partout : en haut, sur les cimes que le soleil illuminait, elle éclatait en gazouillements; en bas, dans des profondeurs humides où la lumière ne pénétrait pas, elle grouillait.

A ce monde d'êtres la forêt offrait
l'asile impénétrable de ses taillis, la
retraite sûre de ses halliers; elle se faisait
complice de leurs appétits et de leurs
amours, et elle avait pour eux des débor-
dements de séve et des redoublements de
floraisons.

Corah aimait la forêt, et elle était si
reconnaissante envers elle qu'elle aimait
aussi tout ce qui la peuplait. La joie qui
lui venait du dehors, elle la rendait en rires
et en chansons; mais, si elle partageait la
gaieté des choses, elle en subissait éga-
lement a tristesse. Alors elle ne chantait
plus, et elle avait le mystérieux recueil-
iement de la larve qui change d'enveloppe,
de la fleur qui attend l'aurore pour s'épa-
nouir au soleil.

Il y avait en elle pour ainsi dire de la
plante et de la jeune fille, et lentement la
jeune fille se dégageait dans sa puberté.

Telle était l'explication, bonne ou mauvaise, que je me donnais sur les moments
de mélancolie de la jeune Indienne, moments bien rares et bien courts, nuages
qui passaient rapides sur notre ciel bleu,
et rapides s'évaporaient, ombres légères
aussi vite oubliées qu'évanouies. Corah
n'était-elle pas, après tout, la plus simple,
la plus naïve, la plus rieuse, la plus folle
des enfants ?

J'éprouvais au contact de sa tendresse
expansive et de sa jeunesse ensoleillée je
ne sais quelle exquise et fraîche volupté
qui faisait que j'étais heureux de vivre
d'une vie indolente et presque végétative,

4

sans pensées d'avenir, me laissant comme absorber par l'exubérante nature qui m'entourait.

Cette passivité me plaisait, et le soir, en me glissant sous la moustiquaire, je trouvais sur l'oreiller l'essaim des songes pleins d'amours étranges et de visions panthéistiques.

Oh! le bon, le doux sommeil qui prolonge en rêve les impressions agréables de la journée, et brode sur elles les plus charmantes variations !

Oh ! le léger repos des tropiques, où l'on n'oublie pas tout à fait que l'on dort et que les heures passent lentement!

Ainsi les nuits succédaient aux jours, et les jours s'écoulaient avec leur température invariablement chaude, dont les orages rompaient seuls la monotonie.

Dans notre existence tranquille et simple, c'étaient de graves événements.

L'Indienne les pressentait : aussi s'empressait-elle de venir me demander un refuge contre leur fureur.

Un grand calme et un grand silence annonçaient la tourmente, et anxieux nous l'attendions. L'atmosphère, chargée d'électricité, mettait un poids énorme sur nos épaules ; nous ne respirions plus que par saccades convulsives, car l'air brûlant nous suffoquait. Les fleurs exhalaient un parfum intense qui devenait insupportable, et nous recevions à la figure, comme des soufflets, d'asphyxiantes bouffées.

Tout ce que les plantes avaient de fraîcheur et d'humidité, le soleil l'avait pompé et vaporisé avec ses impitoyables rayons.

Alors nous appelions la pluie désespérément et nous regardions le ciel. Tout à l'heure d'un bleu si pur, si radieux, il s'assombrissait, prenait une teinte grise, puis plombée, et, laissant par places quelques trous d'azur, semblait suspendre au-dessus de nos têtes un crêpe de deuil, vélum bizarrement percé, que les éclairs zébraient de gigantesques raies de feu.

De gros nuages noirs s'avançaient lentement avec des roulements de tonnerre, menaçant de s'effondrer ; mais le vent, qui soufflait avec violence, les chassait, et, comme d'autres venaient les remplacer, il s'acharnait.

Les arbres, rudement secoués, cra-
quaient, et de larges feuilles arrachées,
semblables à de lugubres oiseaux, tourbillonnaient en l'air avec de longs
sifflements.

Quand les masses liquides tombaient,
c'était un grand soulagement : nous respirions à pleins poumons, humant l'air
rafraîchi, à longs traits, délicieusement ;
nous renaissions enfin.

Corah s'étirait comme une jeune
chatte, puis elle regardait le jaillissement
de l'eau qui frappait le sol de ses larges
gouttes avec un rhythme régulier.

Mais la pluie diminuait peu à peu, et,
cessant tout à fait, nous rendait notre
liberté.

Le soleil déchirait le voile noir des

nuées de ses rayons redevenus plus éblouissants que jamais ; le vent radouci dissipait les dernières buées qui s'élevaient de terre, et le ciel désembrumé rebleuissait.

Avec quel plaisir alors nous sortions de l'endroit où nous étions enfermés, nous courions dans l'herbe mouillée, nous sautions par-dessus les flaques d'eau qui miroitaient comme des plaques de métal poli, et nous admirions les jeux de la lumière réverbérée par toutes les surfaces ! Elle reluisait sur les feuilles bien lavées, et, à leur extrémité, elle étincelait en stillations cristallines. Partout c'était un scintillement, une profusion de pierres brillantes et de diamants qui nous ravissaient.

Après l'orage, Corah et moi nous nous dirigions souvent vers une colline assez escarpée qu'on appelait le Morne à l'Indien. Ce rocher inculte et sauvage n'avait rien de bien extraordinaire, mais nous n'y montions jamais sans une certaine émotion. Presqu'au sommet il y avait une éminence, une butte arrondie faite de terre rapportée, sur laquelle un gigantesque aloès avait poussé solitaire : c'était un tombeau.

Un Indien mordu par un crotale était mort à cette place. On l'avait enterré là, ce cadavre, où il était, ne devant gêner personne. C'eût été une bien autre affaire que de lui chercher un cimetière ! On ne fait pas tant de façons pour un Indien.

D'ailleurs on avait bien raison : toute

terre est bonne pour une tombe, et toute
tombe pour y pourrir. Le mercenaire
n'avait guère songé à cela de son vivant;
il n'avait sans doute eu qu'une pensée,
qu'un désir : mourir où il était né. Mais
les hommes et le crotale en avaient décidé
autrement. Le travailleur obscur avait
été enfoui sur un sommet, en pleine lumière ; l'esclave avait eu la montagne
pour mausolée.

Un jour, nous eûmes une surprise en
montant sur le morne : l'aloès avait fleuri,
et sa hampe s'élevait sur la tombe comme
un grand lampadaire.

Je fus émerveillé de cette magnifique
floraison ; puis, comme j'en avais l'ha-
bitude, je me mis à regarder le splendide
panorama qui s'étendait à mes pieds. A

droite et à gauche c'était une végétation étrange, confuse, mettant des taillis épais, des futaies élevées, à côté de places nues, désolées, et le sol avait des soulèvements, des creux et des bosses qui donnaient au paysage un aspect inquiet et tourmenté. Derrière moi la forêt faisait une grande tache sombre ; mais, devant, la plaine descendait en pente douce, avec ses champs de cannes à sucre dont les aigrettes blanches brillaient, et ses habitations enfouies dans la verdure que des palmistes alignés désignaient seuls à l'attention. Elle s'étalait, avec ses cultures, ses moissons, sa fertilité, son calme fécond, jusqu'à la mer, qui à l'horizon brasillait.

Tout cela était si beau qu'on se sentait le cœur rempli d'admiration et de tendresse.

Quand j'eus assez de ma contemplation, je vis Corah debout, la tête penchée sur sa poitrine, qui semblait réfléchir profondément.

« A quoi penses-tu? lui demandai-je.

— Je pense au serpent qui a tué l'Indien. C'était un bien méchant serpent.

— Méchant! répliquai-je ; pourquoi? il ne savait pas qu'il tuait en mordant. Si un arbre était tombé sur l'Indien et l'avait écrasé, dirais-tu que l'arbre était méchant?

— Oh! je sais bien que les arbres ne sont pas méchants; mais les bêtes....

— Les bêtes non plus. »

Corah parut étonnée, mais elle se tut, et nous redescendîmes lentement du côté de l'habitation. Tout à coup elle se pencha vers moi, et me dit, comme si elle venait de terminer à part soi un raisonnement :

« Alors il n'y a que les hommes de méchants ? »

Je détournai la tête pour ne pas répondre, et je vis le soleil couchant qui illuminait le Morne à l'Indien comme dans une apothéose.

Nous rentrâmes côte à côte avec Corah et nous ne nous quittâmes qu'à la nuit, nous promettant de nous voir le lendemain ; car les journées que nous passions l'un sans l'autre nous semblaient longues.

On parla peut-être de mon intimité avec l'Indienne, aux environs, chez quelques planteurs dont les habitations étaient voisines de la mienne.

Dans tous les cas je ne m'en préoccupais guère; mais un jour Tom, qui depuis quelque temps prenait avec moi des airs sournois et mystérieux, me dit qu'il était convaincu que l'Indienne m'avait jeté un sort, attendu que *cela se voyait*. Puis il me conseilla de renoncer à mes chasses imprudentes et de me méfier plus que jamais des serpents et des Quienbois.

J'aurais bien voulu savoir à quoi l'on voyait que Corah m'avait jeté un sort, mais il me fut impossible de rien tirer de Tom à ce sujet.

Je ne fis que rire naturellement de ses craintes, et je continuai le même genre de vie.

Je me mis à chasser avec une sorte d'obstination et sans trop me préoccuper des serpents, qui ne se montraient guère.

Un jour, cependant, j'avais troublé dans leurs amours deux vipères enlacées, et, pour anéantir de futures lignées d'animaux venimeux, j'avais sous le talon de ma botte écrasé la tête de la femelle. Le mâle, furieux, se dressait avec rage et allait s'élancer sur moi, lorsque Corah, qui ne me quittait plus, le saisit rapidement par la queue, et, le faisant claquer en l'air comme un fouet, le rejeta inerte sur le sol, la colonne vertébrale brisée.

5

Mais ce n'était là qu'un rare incident ; le plus souvent le soir en rentrant chargé de gibier, je n'avais pas vu le plus petit reptile. C'était à croire que les serpents nous fuyaient et nous abandonnaient la pleine et entière possession de leurs taillis.

Corah d'ailleurs était chez elle dans les bois : tous les sentiers lui étaient familiers, et, là où nul chemin n'aboutissait, elle avait découvert, derrière des murailles de verdure, de féeriques Eldorados.

Tout y était d'une richesse inouïe, et les somptueuses magnificences semblaient en être pour nous seuls.

Des colosses du règne végétal formaient de leurs têtes feuillues une vaste coupole où çà et là on voyait des percées sur l'azur du ciel : c'était comme l'ouverture lumineuse d'un puits profond où l'on aurait entassé des trésors sans nombre et des merveilles de toute sorte.

Des lianes, entremêlées avec une multitude de plantes volubiles ou grimpantes, formaient d'opulentes draperies, ou bien, unissant les arbres dans une flexible étreinte, suspendaient à leurs branches des festons d'un luxe incomparable, et, s'élançant de cime en cime, retombaient en gerbes semblables à des lustres flamboyants.

Des orchidées épiphytes sortaient leurs feuilles veinées de pourpre ou tramées d'argent du tronc des noueux calebassiers, et, étalant le satin de leurs pétales, renversaient leurs calices comme des cassolettes.

Une profusion de fleurs, — il y en avait en l'air, sur le sol, partout, — rivalisaient d'éclat et offraient, prestigieux écrin, comme un éblouissement de pierreries, depuis le violet pâle de l'améthyste jusqu'au rouge intense du rubis.

Des fruits d'or tombaient pesamment, — on ne sait d'où, — faisant fuir les lézards anolis le long des tiges des bambous.

C'était dans ces délicieux Édens que nous nous reposions après avoir chassé toute la matinée.

Mollement étendu sur la mousse douce et fraîche comme un sein de femme, je m'assoupissais enivré de senteurs paradisiaques.

Quant à Corah, accroupie à mes côtés dans une attitude à la fois nonchalante

et recueillie, elle s'éventait lentemen
avec une feuille de latanier, et, telle qu'un
bon génie, semblait veiller sur mon
sommeil.

En m'éveillant, je levais les yeux sur
elle dans un étonnement plein d'admiration. Le pur ovale de son visage se
découpait sur la molle clarté d'un fond de
verdure, et son teint, qui semblait res-
plendir des tons brillants qui l'entouraient,
avait tout l'éclat du bronze florentin.
Immobile dans sa pose de chatte voluptueuse, elle songeait, comme plongée
dans une extase, souriant d'un sourire
indéfinissable.

Je prenais un vif intérêt à chercher
quelles pouvaient être ses pensées, mais
son front bas et charmant ne les trahis-

5.

sait pas, et, en suivant son regard, je me perdais dans l'infini.

Elle était alors pour moi une vivante énigme à déchiffrer, comme un sphinx dont j'eusse voulu pénétrer le secret.

Heureusement le sphinx était femme. Quelquefois, en effet, un soupir gonflait la gorge luisante de l'Indienne et un éclair, qui brillait sous l'arc fin de ses noirs sourcils, révélait en elle je ne sais quelle jouissance intime mêlée de désirs inconnus.

Lorsqu'elle sentait que je l'observais, Corah baissait ses chaudes paupières et redevenait vite l'enfant insouciante et joyeuse, fière alors de me faire les honneurs de sa forêt.

Nous en avions peu à peu exploré

toutes les parties, sauf une vers laquelle l'Indienne ne paraissait pas se diriger volontiers, du moins avec moi, car Tom m'avait affirmé, sous le sceau du secret, que c'était de ce côté qu'elle allait dans ses escapades.

Mais depuis qu'elle se passionnait avec moi pour la chasse, elle semblait avoir complétement renoncé à ses mystérieuses absences.

J'avoue que j'en conçus un certain plaisir. Certainement Corah n'était pour moi qu'une enfant, et la nature de nos relations ne tirait pas à conséquence; mais je lui sus gré de mener une existence moins nomade.

Quelque temps après ma conversation
avec Tom, un matin, je faisais ma toilette dans ma chambre, et Corah était là,
dardant sur moi la flamme de ses grands
yeux dont les longs cils recourbés avaient
peine à adoucir le brûlant éclat. Je fus
surpris de la persistance et de la fixité de
son regard, et, pour secouer cette obses-
sion, je lui demandai ce qu'elle avait à
m'examiner ainsi.

« C'est parce que je t'aime , me dit-
elle brusquement.

— Ah ! fis-je avec étonnement, et tu
m'aimes. ... beaucoup ?

— Oui, beaucoup, beaucoup; bien plus que je n'aimais ma maîtresse, si bonne pour moi; bien plus que tout. »

Elle se tut, et, regardant autour d'elle, elle ajouta tout bas :

« Je t'aime presque autant que lui.

— Hein ? qui ça, lui ?

— Sinnassamy... Il est si beau et si fort ! si fort qu'il me fait peur.

— Qu'est-ce que tu viens me chanter là ? m'écriai-je, assez vexé de cette confidence; tu es folle, Corah! va-t'en raconter tes amours à Tom ou à qui tu voudras ; va-t'en avec ton Sinnassamy. Ce n'est certes pas moi qui t'en empêcherai. »

Corah parut tout étonnée de ma mauvaise humeur, et, s'approchant de moi timidement :

« Tu es donc jaloux? fit-elle; il ne l'est pas, lui. Ah! s'il l'était...

— Eh bien? dis-je avec impatience.

— Il nous tuerait tous les deux! »

J'avoue qu'à ce moment tout ce que Tom m'avait raconté me revint à l'esprit, et machinalement je levai les yeux sur mon fusil, comme pour combattre je ne sais quel ennemi.

Corah vit ce regard, et me dit avec un sourire :

« Oh ! Sinnassamy ne quitte ni sa couche de feuilles, ni sa grotte. S'il est le plus beau des serpents, il en est bien aussi le plus paresseux. »

Enfin je comprenais : c'était d'un serpent qu'il s'agissait.

Je confesse, à ma honte, que je fus

moins fâché de savoir Corah éprise d'un reptile que de quelqu'un de ses compatriotes au service d'un planteur voisin.

Cependant j'essayai de faire comprendre à Corah combien il était absurde d'aimer un serpent ; elle ne voulut rien écouter. Elle prétendait se faire comprendre de Sinnassamy et vivre en paraite intimité avec lui. Je l'ai déjà dit, elle avait des idées très-arrêtées sur les serpents.

Mais la folle enfant, croyant, comme je me taisais, qu'elle m'avait converti, se mit dans l'idée de me faire connaître son Sinna, ainsi qu'elle l'appelait familièrement.

Je refusai énergiquement, mais elle insista et revint à la charge les jours suivants ; elle me demanda même une fois si j'avais peur de lui.

Je fus révolté en pensant que Corah pouvait avoir de moi une pareille idée, et ce fut ce qui me décida. Je lui promis sur-le-champ de la suivre quand elle voudrait jusqu'à la grotte de Sinnassamy.

Je dois avouer que ma curiosité de naturaliste était surexcitée au plus haut point. Le préféré de Corah était-il ou n'était-il pas un *bothrops lanceolatus*, vulgairement appelé vipère fer de lance, à cause de sa tête triangulaire et aplatie?

Les descriptions que m'en faisait l'Indienne étaient des plus fantaisistes; mais elle me disait souvent :

« C'est un serpent comme tu n'en as jamais vu. »

Et mon envie redoublait de le connaître.

Nous faisions de ce reptile le sujet de
toutes nos conversations; il accaparait
toutes mes pensées, et nous en étions
arrivés à en faire une espèce de dieu que
j'eusse, un peu plus, adoré sur parole.
Aussi fus-je un peu ému lorsqu'un jour
Corah me dit :

« Il y a pleine lune, nous irons ce
soir. »

Elle m'avait apporté dans une cale-
basse une huile au parfum d'une subti-
lité pénétrante, et m'engagea à en frotter
mes bottes, mon fusil et mes mains. Je
pensai que dans cette huile elle avait fait
macérer quelques plantes dont l'odeur
éloignait les serpents, et je n'hésitai pas

à m'en servir suivant ses recommanda-
tions.

J'étais prêt avant la chute du jour, et
je m'assis, en attendant la nuit, sous la
vérandah.

Le soleil se plongeait dans l'Océan, que
l'on entrevoyait au loin comme une ligne
bleue, une barre d'acier qui étincelait ;
mais avant de disparaître il allumait un
suprême incendie qui embrasait l'horizon.
Son disque rouge s'abîmait lentement, en
s'élargissant, avec des lueurs fauves qui
ensanglantaient les sommets dénudés
des mornes, où seuls de rares palmiers,
courbés par le vent, semblaient implorer
du secours en se tordant.

Plus près de moi, de grands cocotiers
dont les ombres s'allongeaient démesuré-

ment prenaient des aspects fantastiques et changeants, et des filaos au sombre feuillage devenaient lugubres.

Cependant l'incendie s'éteignait peu à peu; une fumée bleuâtre, nigrescente, s'étendait sur l'horizon comme un voile que les jets de flammes de plus en plus minces avaient peine à percer. Les lueurs violaçaient, et le ciel terni, où traînaient à peine de légères vapeurs rousses, revêtait une teinte uniformément grisâtre.

Quelques points lumineux s'accrochaient encore çà et là, suspendant des perles aux épines étoilées des cactus, mettant des taches purpurines sur les roses blanches des magnolias, ou bien changeant en résille d'or la toile gigantesque d'une araignée des tropiques.

Mais ce n'étaient plus que les pâles reflets des splendeurs du jour, les dernières étincelles d'un brasier qui meurt, l'écho affaibli d'une orgie bruyante qui s'apaise et s'endort.

Alors une brise fraîche passa comme un murmure dans les feuilles des bananiers, et donna le signal des harmonies du soir.

Les insectes dans l'herbe, les oiseaux dans les branches, fêtaient de leurs chansons la douce lumière du crépuscule, qui près de l'équateur a une si courte durée.

Le tamarin venait de fermer ses feuilles délicates : c'était l'aube de la nuit.

Tom, qui m'avait vu faire mes préparatifs, non sans inquiétude, et qui rôdait comme une âme en peine autour de moi, vint me supplier de ne pas sortir ; mais je ne pensais qu'à Corah , et je me sauvai, laissant le pauvre vieux se lamenter et implorer tous les saints.

Je courus à la savane aux goyaves,
où était le rendez-vous.

Mon impatience m'avait fait devancer
l'heure, car la lune ne se montrait pas
encore. J'étais seul, et, comme la précipitation de la marche me faisait haleter
bruyamment, je m'assis sur un tronc
d'arbre renversé, derrière un massif de
goyaviers où des fruits jaunes luisaient
dans l'ombre.

La nuit était superbe de sérénité, et
son calme mettait au cœur une grande
quiétude. Le ciel, tout couvert d'étoiles,
semblait palpiter doucement, et çà et là

des reflets tremblaient, des lueurs con-
fuses vacillaient; mais toutes ces clartés
sidérales pâlissaient devant l'astre des
nuits, qui s'élevait lentement dans un
brouillard translucide. Peu à peu les vapeurs nébuleuses se condensèrent autour de lui, ou fondirent en l'air comme
une neige en suspension. Cerclé dans
son nimbe d'opale, il ressemblait à une
énorme boule d'acier incandescent qui
répandait au loin ses blancheurs vi-
treuses; enfin il parut dans sa rondeur
éblouissante, dans tout l'éclat de son
irradiation.

Le ciel, que l'on eût dit recouvert d'une
mince couche d'albâtre, s'illumina tout
à coup avec des demi-transparences, un
rayonnement doux et laiteux qui semait

de minces paillettes d'argent dans l'espace, où de lumineuses traînées flottaient comme des sarabandes de sylphes et de gnomes aériens.

Les ombres perdirent de leur opacité, et les objets, baignés dans de molles et ondoyantes clartés, prirent un aspect vaporeux et diaphane.

Corah ne venait pas. Je me levai pour aller au-devant d'elle, et, comme il me semblait qu'un appel était parti d'un petit lac en contre-bas de la savane, je me dirigeai de ce côté. Le bruit de mes pas fit taire des bêtes qui chantaient, et je n'entendis plus rien qu'une pintade qui glougloutait. Je m'étais trompé.

Pour tuer le temps, je me mis à observer les hôtes du lac, me tenant im-

mobile, caché par les roseaux, qui s'élevaient bien au-dessus de ma tête. L'eau
était noire, unie comme du marbre, et
elle avait des reflets de métal bruni;
mais près des bords elle se ternissait un
peu, s'irisait, et des plantes qui se dé-
composaient la moiraient de verdoie-
ments. Des plaques de moisissure brillaient comme des écailles de burgau, et
la putréfaction fermentait avec des phos-
phorescences, des feux follets, des lueurs
vertes ou roses, des pâleurs nacrées. Les
matières désorganisées se dissolvaient
lentement, et des détritus de toute sorte
fertilisaient la vase où tant de fleurs
poussaient, où tant d'êtres grouillaient.
La mort alimentait la vie.

Les bêtes, rassurées par ma tranquillité,

s'aventuraient hors de leurs retraites et recommençaient leurs ébats. Des milliers de crabes sortaient de leurs trous, et, se dirigeant en foule de leur pas oblique vers quelque charogne, — banquet interrompu, — faisaient une armée lilliputienne, un fourmillement dans la fange, un pullulement sans fin.

Près de moi, un gros arbre mort se penchait, gigantesque squelette, étendant sur l'eau ses bras décharnés. Des rats semblaient avoir élu domicile dans un creux du tronc; ils vivaient en famille sur ce cadavre éventré. Je m'amusais à les regarder aller et venir, trottiner, lustrer coquettement leur poil, lorsque tout d'un coup ils s'enfuirent avec une précipitation qui m'étonna.

J'avais beau chercher la cause de ce
sauve-qui-peut général, je ne voyais rien
d'extraordinaire, si ce n'est, à la surface
du lac, quelques légères rides qui se
rapprochaient circulairement de l'arbre
mort. A force d'attention, il me sembla
qu'une branche remuait, et je distinguai un corps noir, effilé, qui grimpait
en s'enroulant. Un autre corps noir parut, puis d'autres, et tous, ruisselant
d'eau, se glissèrent sur l'arbre qui
tremblait, de sorte que chaque branche porta bientôt une grappe mons-
trueuse qui oscillait lentement. Les
premiers arrivés se serraient pour faire
place aux retardataires, et s'entrelaçaient en hideux réseaux. A chaque
instant une tête de jais émergeait du lac

sombre, et au loin sur l'onde les ronds se multipliaient.

Ils étaient cinquante, cinquante serpents noirs, noués autour des branches en paquets livides qui dégouttaient. Déjà des corps d'ébène s'allongeaient sur le tronc de mon côté en humides traînées, et l'arbre mort semblait frissonner sous tant de reptations.

Ce spectacle m'oppressait comme un cauchemar ; je n'essayai plus de compter cette ténébreuse multitude, car d'autres arrivaient encore. J'en avais assez.

Quand je sortis des roseaux où j'étais blotti, mes tempes battaient avec violence, et j'aspirais avidement après l'air, la lumière et l'espace. Il me semblait que j'avais été sur le point d'étouffer. Les exhalaisons miasmatiques du lac me poursuivaient, et pour y échapper je me mis à courir vers un endroit élevé d'où l'on pouvait voir toute la savane.

Corah n'arrivait pas. L'attente commençait à me peser cruellement. Des moustiques, qui s'acharnaient après moi, m'impatientaient. J'allumai un bout-de-nègre pour les chasser, et je tâchai de rester calme, concentrant toute mon attention sur le vol muet d'un vampire qui traçait en l'air un enchevêtrement de cercles mystérieux. Mais le tournoiement silencieux de la stryge, ses courbes giratoires, ses lacets énigmatiques, ses allures clandestines, dont je cherchais en vain à saisir le but, m'étourdirent et m'horripilèrent. Je saisis une pierre que je lançai

7

au hasard, et l'oiseau nocturne disparut sans bruit, me laissant je ne sais quelle sinistre impression.

J'essayai d'autres distractions qui ne me réussirent pas davantage. Je ne pouvais tenir en place, et tout m'irritait, jusqu'au roucoulement monotone des colombes.

Le vent s'éleva tout à coup; je sentis une haleine chaudement humide me caresser le visage, et j'entendis passer un frémissement dans les tiges élancées des roseaux, dont les feuilles s'entre-choquèrent avec un cliquetis lugubre.

Décidément Corah ne viendrait pas. Fatigué d'attendre et ne comptant plus sur l'Indienne, je me disposais à rentrer à l'habitation, lorsque j'aperçus une forme blanche qui se glissait à travers les hautes herbes.

C'était elle !

Elle fut à mes côtés en un instant.

Pour tout vêtement elle portait une longue robe claire, agrafée sur la poitrine et nouée à la taille ; elle était tête nue, et elle avait déroulé ses cheveux d'un noir bleu, aux reflets métalliques, qui lui tombaient jusqu'aux jarrets. Par un étrange raffinement de coquetterie, elle avait ajouté à sa toilette deux bijoux que je ne lui connaissais pas : c'étaient des anneaux de pieds, sans doute un souvenir de son pays, une parure qu'elle gardait pour les grandes circonstances.

Corah me paraissait singulièrement belle ce soir-là ; sa vue me rassérénait et

je ne pouvais me lasser de l'admirer.
Cependant ce n'était pas seulement de
l'admiration que j'éprouvais pour elle,
il me semblait qu'il s'y mêlait un autre
sentiment tout nouveau, comme un désir
inavoué, l'éclosion d'une passion conte-
nue.

Je cherchais à me rendre compte du
trouble inexprimable que je ressentais
pour la première fois près de la jeune Indienne ; mais elle ne me donna pas le
temps de réfléchir ni de la regarder davantage. D'un geste elle me montra une
masse noire, la forêt immergée dans
l'ombre épaisse ; puis elle me dit d'une
voix brève :

« C'est là-haut. Il faut se hâter...
Suis-moi. »

Je lui obéis sans savoir où j'allais, car je n'avais pas le temps d'examiner mon chemin, et je ne voyais qu'elle. Je la suivais de si près que le vent envoyait ses cheveux dans ma figure, et je remarquai qu'ils étaient imprégnés d'une odeur agréable, mais forte, et qui me grisait presque.

Nous montions ; j'entendais les pierres ébranlées par nos pas rouler derrière nous et tomber en chutes retentissantes dans le ravin que nous côtoyions. Je n'avais pas un regard, pas une attention pour l'abîme, et cependant, tout près de moi, de larges mottes de terre s'éboulaient dans le vide avec fracas.

J'avais peur pour Corah, mais elle était si prompte, si agile, elle sautait si lestement par-dessus les fissures qu'un sol aux contorsions volcaniques prodiguait, elle posait son pied avec tant de souplesse et de légèreté, que je fus bien vite rassuré.

Nous arrivâmes à une plate-forme arrondie comme un cirque, toute nue, sans un arbre, sans une broussaille. La nuit ajoutait à cette désolation je ne sais quoi de supra-terrestre, et l'on eût cru voir un paysage lunaire d'où la vie avait été bannie depuis longtemps.

Nous nous trouvions sur un ancien cratère qui s'était comblé peu à peu ; mais le volcan, avant de s'éteindre, avait eu sans doute une dernière et formidable convulsion, car la montagne s'était fendue en deux, et, devant nous, une

énorme crevasse, s'entre-bâillant avec
des profondeurs pleines de ténèbres,
mettait le néant à nos pieds.

L'Indienne s'arrêta, puis elle me dit :

« Ce n'est pas facile de passer. Je sau-
terai bien ; mais toi, tu ne pourras pas,
et il faudra trouver un autre moyen. »

Il me sembla qu'il y avait quelque
chose de méprisant dans les paroles de
Corah. Je me fâchai, et lui déclarai que
rien ne me paraissait plus aisé que de
surmonter un pareil obstacle. D'ailleurs
j'étais persuadé que partout où elle irait
rien ne pourrait m'empêcher de la suivre.

Sur cette assurance elle me quitta, et je
la vis se glisser entre deux rochers qui
surplombaient, monter à leurs sommets,
et là, une main appuyée sur chacun d'eux,

le corps suspendu, se balancer lentement, puis d'une impulsion rapide se précipiter dans l'espace.

J'eus comme un éblouissement, et une peur terrible me fit fermer les yeux; mais quand je les rouvris elle était saine et sauve de l'autre côté, et elle m'appelait.

Je fis comme elle, je me lançai. Je tombai d'aplomb, mais lourdement, et je restai un moment étourdi du choc, et des bruits d'enfer tintèrent dans mes oreilles.

Corah s'approcha de moi avec sollicitude, et me tendit une feuille qu'elle venait d'arracher à une touffe d'herbes en me disant de la mâcher. Son goût amer me réconforta, et comme nous étions à deux pas de la forêt, je fis

signe à mon guide que j'étais prêt à le
suivre.

J'allais donc pénétrer dans cette partie
mystérieuse, réputée inaccessible, et que
je ne connaissais pas, celle dont Tom
m'avait parlé avec méfiance et dont l'Indienne ne m'entretenait jamais.

Nous nous étions remis en marche, et,
en entrant sous bois, nous avions dit
adieu à la lumière. L'ombre se faisait de
plus en plus noire, et notre route de plus
en plus pénible. Tantôt un rocher dressé
devant nous comme un bastion, tantôt
un arbre renversé et barrant le chemin,
nous obligaient à faire un détour.

C'étaient des taillis impraticables qui
formaient de véritables remparts, des
enchevêtrements de plantes où des lianes

grosses comme la cuisse s'enroulaient avec des contournements de boas.

Nous avancions lentement, mais sans nous arrêter, car partout, même dans les endroits les plus inextricables, Corah trouvait une issue, et l'on eût dit qu'à sa vue les broussailles s'écartaient pour lui faire un passage. Quant à moi, je marchais sur ses traces, ployé en deux, écartant les ronces avec mon fusil; et souvent une branche, se redressant tout à coup, me cinglait le visage jusqu'au sang, et des épines aiguës pénétraient dans mes chairs.

Mais que m'importaient ces égratignures? Lorsque je sentais les cheveux de Corah me rafraîchir la figure, ou que je voyais briller dans l'herbe les anneaux

d'or que portaient ses chevilles délicates,
je me sentais pénétré d'une force inouïe,
et il me semblait que j'eusse ainsi mar-
ché jusqu'au bout du monde; qu'avec
elle je serais allé longtemps, toujours, par-
courant les dédales obscurs de la forêt,
sans me lasser, sans rien craindre, sans
rien désirer, pas même la vue du ciel.

Cependant la lumière se fit peu à peu.
Sourdant d'abord à travers le feuillage
qui devenait moins épais, elle nous inonda
bientôt d'une clarté vive qui m'éblouit.

Corah murmura à mon oreille :

« Nous sommes arrivés. »

Et tous les deux nous restâmes côte
à côte, immobiles, haletants.

Nous étions alors sur le seuil d'une clairière bordée de gros arbres, qui faisaient une barrière sombre autour de l'espace découvert que la lune blanchissait.

Devant nous il y avait un amas de rochers qui s'entassaient, se superposaient dans un étonnant chaos. L'œil cependant cherchait dans ce soulèvement dû au hasard quelque chose d'ordonné, et finissait par y trouver une certaine symétrie et jusqu'à des formes architecturales. Je croyais distinguer au milieu de

murs éboulés des blocs de marbre dégros-
sis, des fûts de colonne, des chapiteaux,
des troncs de statues gigantesques qui
gisaient à terre dans un pêle-mêle indes-
criptible. Là, un portique affaissé dont les
piliers seuls restaient debout ; ici, une
vasque écornée sur un piédestal qui me-
naçait de s'effondrer ; plus loin, des bas-
reliefs brisés semblaient être les ruines
étranges d'un temple écroulé.

La lune versait à flots sa lumière
sereine sur cette dévastation.

La divinité du lieu était là. Je le com-
pris, et, en cherchant, je vis entre de
blanches dalles de calcaire un trou noir
qui me fit frissonner : c'était sans doute
le sanctuaire, l'antre de Sinnassamy.

Je détournai les yeux pour interroger

8

Corah. Elle était tout près de moi, sou-
riante, la bouche ouverte, car elle était
essoufflée ; et je sentais sa respiration
dans mon visage, et je voyais ses seins
tendre sa robe en la soulevant précipi-
tamment.

Je passai mon bras autour de sa taille,
et, l'attirant vers moi, je la serrai avec
force. Elle resta ainsi quelque temps,
très-tranquille, fermant à demi les paupières et s'abandonnant pour se reposer.
Sa tête s'appuyait sur ma poitrine, et ses
tresses noires, qui m'inondaient, me cha-
touillaient le cou, m'enivrant de leur
parfum. J'avançai les lèvres machinalement, et sur son front, à la naissance des
cheveux, je bus un long baiser qui la fit
tressaillir par tout le corps ; mais elle se

dégagea doucement, laissant toutefois sa main dans la mienne.

Alors je me mis à regarder la clairière, puis le trou noir qui me faisait horreur, et, je ne sais pourquoi, je me sentis envahir par un malaise singulier et par le désir ardent de reprendre notre course folle à travers les lianes et les halliers.

« Partons, partons vite, dis-je à Corah ; on est mal ici !

— Tu n'es donc pas venu pour voir Sinnassamy ? me dit-elle.

— Eh ! que Sinnassamy et tous les serpents aillent au diable ! m'écriai-je avec humeur ; assez de folie comme ça... Viens avec moi. »

Elle haussa les épaules avec mépris. Sans doute elle croyait que j'avais peur.

Une bouffée chaude me monta à la tête
avec des pensées de violence. Je ne sais
quoi, peut-être la présence d'un ennemi,
peut-être le pressentiment d'un bonheur
qui allait m'échapper, me rendait presque furieux.

Des souffles chargés de ferments passaient dans l'air, m'apportant les senteurs
âcres de la forêt, qui dilataient mes nari-
nes et exaltaient tous mes sens.

La certitude que Corah pouvait m'ap-
partenir, si je voulais, faisait battre mes
artères avec force, et la crainte qu'elle ne
se dérobât à mon étreinte exacerbait mon
désir.

« Viens, » lui répétai-je encore une
fois. Et, comme elle refusait, je la saisis
et voulus l'entraîner malgré elle.

Elle résista avec une vigueur dont je
ne l'aurais pas crue capable, et elle m'é-
gratigna avec ses ongles. La douleur
venant d'elle m'était volupté, et rien au
monde ne m'aurait arraché ce corps, dont
tous les contacts produisaient sur tout
mon être une affolante impression. Cependant, voulant l'enlever de terre pour
l'emporter, je fis un mouvement mal-
adroit et je lui déchirai tout le devant de
sa robe. Se voyant nue, elle eut un geste
et un regard pleins de pudeur qui me
surprirent et m'arrêtèrent. J'eus honte
de ma brutalité, et je lâchai prise.

Je me sentis sans force. Au paroxysme
de la passion succéda le subit affaisse-
ment de toute énergie ; à l'intensité du
désir, la détente de toute volonté.

Elle m'indiqua du doigt un endroit
caché près d'un énorme manguier, et,
docile, je m'y rendis. Elle me suivit et
m'ordonna de m'asseoir. Je me laissai
tomber lourdement sur une pierre. Puis,
quand elle vit que j'étais dompté, inca-
pable de résistance, elle s'approcha de
moi et, tout près, sa bouche effleurant
mon oreille, sans que je fisse un mouvement, elle me dit avec une voix tout à la
fois câline et craintive :

« Comment as-tu osé... ? »

Et, sans achever, elle me montra l'antre du reptile.

Chose étrange ! je voulus parler, et je ne
pus que balbutier des mots inintelligibles ;
ma tête s'appesantissait peu à peu, et un

pénible engourdissement s'emparait de tous mes membres.

Était-ce le parfum pénétrant de l'huile dont je m'étais frotté avant de partir ? était-ce la lassitude de la marche, ou l'appréhension inconsciente d'un danger mystérieux ? Quoi qu'il en soit, il me semblait que je m'assoupissais et que je cessais presque d'agiter toute pensée dans mon esprit.

Par moments j'avais encore des tressaillements de colère ; mon sang bouillonnait dans mes veines, et je tentais de me révolter contre cette insecouable léthargie. Alors j'eusse voulu ressaisir Corah et l'emmener au loin ; j'avais des élans d'indicible fureur contre Sinnassamy et tous ceux de son espèce :

mais mon corps demeurait une masse inerte que nulle puissance ne pouvait ébranler.

L'Indienne m'avait quitté, et devant la grotte, au milieu de la clairière, elle chantait.

Sans doute je subissais quelque magnétique influence, car je n'essayai plus alors de lutter contre la torpeur qui m'avait saisi. Tout entier sous le charme, je trouvais au contraire un âcre plaisir dans cet anéantissement. Corah devenait pour moi une fée puissante, une magicienne incomparable. La lune, brillantant l'air d'une fine poussière d'argent, donnait à ses contours je ne sais quoi d'éthéré et de subtil qui l'idéalisait et semblait mettre une gaze frêle, un nuage transparent de mousseline autour de sa nudité.

Le chant, modulé d'abord sur un rhythme dolent, plainte ou lamentation, devint peu à peu, avec des intonations d'amour ineffables, vibrant et passionné ; puis, tout à coup radouci, il se traîna en soupirs alanguis jusqu'à la supplication.

Instinctivement je reportai mes yeux sur le trou noir ; il me parut qu'il s'élargissait et qu'il y avait un envahissement de l'ombre sur la pâleur mate du calcaire. Dans cette ombre, je distinguai une tête hideusement aplatie qui restait immobile, n'osant avancer davantage comme par crainte de la pleine lumière.

Corah, sans cesser de chanter, se cambra, tendant tout son corps ; puis tournant lentement sur elle-même, elle se mit à danser.

Tantôt elle inclinait mollement la tête sur sa poitrine, puis la renversait brusquement en se drapant avec grâce dans sa robe déchirée. Tantôt, les bras croisés, elle balançait ses hanches nonchalamment, et ses pieds, marquant la mesure, entre-choquaient avec un cliquetis de crotale les anneaux d'or, qui scintillaient sur la blanche opacité du sol.

Son corps était un merveilleux enchantement. D'une maigreur juvénile et élégante, il avait des saillies harmonieuses, des flexuosités ravissantes. Tout en elle était séduction ; tout en elle attirait irrésistiblement : le chatoiement de ses épaules, la suave harmonie de ses mouvements, les inflexions caressantes de sa voix.

Cependant l'ombre ne bougeait pas et la tête semblait toujours hésiter. Corah, épuisée, s'arrêta et se tut.

Il y eut un moment de calme écrasant et un silence énorme remplit l'espace. Je n'entendis plus rien que le battement de mon cœur, qui ébranlait ma poitrine, jusqu'à ce que l'Indienne se fit entendre de nouveau.

Cette fois-ci, elle s'adressa directement au trou noir. Elle préluda sur un mode très-lent, proférant sans doute des reproches dans une langue inconnue ; mais elle s'anima bientôt et éclata en notes saccadées et véhémentes, empreintes d'une étrange sauvagerie.

Ce n'était plus la tendre mélopée mur-
murée à l'ombre des bananiers ou dans
le bercement des hamacs, ni la chanson
naïve disant le rendez-vous dans la savane, ni l'hymne d'amour qui s'élève par
les chaudes nuits des tropiques dans une
atmosphère imprégnée de senteurs balsa-
miques et d'effluves enfiévrées ; c'était,
avec le vouloir intense d'une fascination
inéluctable, un ordre impérieux, une
mystérieuse incantation.

Les sons brefs et heurtés se précipi-
taient spasmodiquement, et le pied de la
charmeuse frappait la terre avec impatience.

Alors je vis du trou béant sortir lentement un corps jaune qui ondulait, et il
me semblait que ce corps ne finissait pas.

Enfin l'animal parut tout entier. Il se traîna en déroulant ses anneaux, dont la mobile spirale s'étendait sur le sol en effrayants remous. Je le vis s'approcher de Corah.

C'était Sinnassamy.

Quand il fut près d'elle, il se leva ; puis, dressant la tête avec effort, il s'enroula autour des hanches de l'Indienne, qui l'aida à monter. Il s'éleva ainsi jusqu'à ses épaules, et là il se hissa tout entier, enveloppant le corps de la charmeuse qui se roidissait sous un pareil fardeau.

Cela me parut monstrueux. Je voulus m'élancer pour tuer le reptile ; mais je restai cloué sur ma dalle comme par une force occulte. Je frémis de rage, mais je ne pus ni bouger ni crier.

Je commençais à subir, je le sentais, une lamentable épreuve, une intolérable torture. Sous mes yeux allaient se dérouler des scènes où l'horrible s'étalerait inflexiblement avec des contrastes repoussants, de hideuses promiscuités, et dont je devais rester l'impassible témoin.

L'angoisse me serrait à la gorge et me pesait affreusement sur l'épigastre. Cependant mes yeux restaient fixés sur le reptile, des gouttes de sueur découlaient de mon front, et mes ongles s'incrustaient dans le bois de mon fusil.

Il y avait dans le contact du reptile avec Corah quelque chose de sinistre et de froid qui me faisait frissonner; mais elle, dans ce rapprochement, éprouvait peut-être une espèce de volupté, car elle caressait Sinnassamy, flattant avec ses mains ses écailles dorées.

D'où j'étais je voyais leur ruissellement continu et j'entendais leur bruissement comparable au frou-frou de la soie.

De temps à autre le reptile se laissait couler à terre glissant ses anneaux sur le cou et le long des bras de la charmeuse qui chantait toujours. Puis, avec des tortuosités hypnotiques et des enroulements vertigineux, il remontait lourdement, et je voyais cette masse jaune, maculée sur le dos de deux énormes taches noires, passer sans cesse comme une ondoyante hallucination devant mes yeux. Il me semblait que je devenais fou, et que le monstre s'allongeait en contournements démesurés.

Balançant stupidement la tête, je suivais en mesure la chanson de l'Indienne qui, d'un murmure doux et cadencé comme celui de la mer, berçait l'éternel va-et-vient du serpent.

Sinnassamy fut le premier à se lasser de ce jeu monotone ; car tout à coup, mû par je ne sais quel caprice, il s'enroula, ceinture vivante, autour du torse gracieux et souple de Corah.

Le chant s'arrêta et je vis la jeune fille fléchir et tomber à terre comme un palmier renversé par le vent. Puis j'entendis un craquement sourd et un cri suivi d'un soupir étouffé.

Cette plainte me fit sortir de mon inexplicable torpeur. D'un bond je me trouvai à quelques pas du reptile, qui, sans paraître vouloir quitter sa victime, qu'il pressait implacablement dans ses orbes squammeux, dressa la tête avec colère, dardant sur moi ses yeux incandescents. J'allais me précipiter sur lui aveuglément, car j'aurais voulu, dans ma haine, lutter corps à corps avec le monstre et le déchirer par morceaux, ou l'écraser à coups de crosse; mais la vue de ses crocs à venin qui, distillant une mort rapide et sûre, rendaient le combat inégal, me rappela

9.

à la plus élémentaire prudence. J'épau-
lai mon fusil, et je lâchai les deux balles
dans la gueule menaçante du serpent.

Il tomba inerte sur Corah, qu'il étrei-
gnit dans une dernière convulsion de sa
nerveuse spirale.

Haletant d'angoisse et d'horreur, je
dégageai au plus vite la pauvre enfant
de ce hideux enserrement qui la souillait.
Puis, comme dans mon effarement je
croyais la voir remuer, avec une indicible émotion je posai la main sur son
cœur, appelant à moi toute mon énergie
pour empêcher cette main de trembler.

Oh ! je n'oublierai jamais cette minute,
effroyablement longue, mais pleine d'une
suprême espérance, à laquelle succéda
l'affreuse certitude.

Rien, hélas! rien ne battait plus sous le sein gauche de l'Indienne.

Elle était morte, et bien morte, étouffée dans les replis du reptile. Sa bouche était restée entr'ouverte, et dans les commissures des lèvres il y avait un peu de blanche écume que j'enlevai avec mon mouchoir. La mort avait dû être prompte, et rien dans les traits de Corah ne semblait indiquer qu'elle eût souffert.

Je l'enveloppai pieusement dans mon manteau; mais, avant de partir, j'avais une vengeance à accomplir.

J'entassai des broussailles à l'entrée de la grotte de Sinnassamy, et j'y mis le feu; puis, voulant au plus tôt retrouver un chemin à moi connu, je regardai les étoiles, dont les lueurs pâles se distin-

guaient avec peine sur le ciel, qui blé-
missait, et je redescendis lentement,
m'orientant sur la Croix du sud.

Préservant des ronces mon précieux
fardeau, j'avançais péniblement, obligé
de m'arrêter à tout instant, soit pour
couper les lianes qui barraient ma route,
soit pour me reposer. D'abord, quand j'a-
percevais dans les buissons quelque corps
luisant jaune ou noir, je le poursuivais
à coups de pierres ; mais bientôt la fati-
gue m'empêcha de songer aux serpents.

Comment j'arrivai à sortir de la forêt
et de cette nuit si longue, avec ses an-
goisses, ses formes vagues et ses fantômes
effrayants, cela me paraît aujourd'hui
absolument incompréhensible. Toujours
est-il que le soleil était levé depuis long-

temps quand j'aperçus mon habitation, avec sa clôture d'aloès et son allée de palmistes.

J'étais harassé, chancelant, à bout de forces; ma tête s'emplissait de râles et de sibilations, et des cercles de feu tourbillonnaient devant mes yeux.

Cependant je vis Tom accourir à moi en criant; puis, sans lâcher Corah, que je tenais dans mes bras, je tombai à terre évanoui.

Quand je repris mes sens, j'étais sur mon lit, et Tom me bassinait les tempes avec du rhum.

Ma première question fut :

« Où est Corah ? »

Tom, du regard, me désigna la table qui se trouvait en face de moi.

Elle était là, étendue, toujours enve-
loppée dans mon manteau qui cachait
ses formes virginales. On ne voyait rien
d'elle, si ce n'est son petit pied nu qui
dépassait avec son anneau d'or.

Cet anneau me rappela la scène de la
clairière, la danse voluptueuse, l'incantation, les jeux de Sinnassamy; et, à ce
souvenir, je fus mordu au cœur par un
serpent caché, plus terrible encore que
tous les autres.

Je me mis à crier et à me déchirer la
poitrine, malgré les efforts de Tom pour
me calmer. Je lui ordonnai de cacher le
petit pied, et je fondis en larmes subite-
ment dès que je ne le vis plus.

Cette crise me fit du bien. Le lendemain j'étais guéri, et je n'avais plus que

le sentiment purifié de mon amour pour Corah. Avec l'aide du vieux nègre, je creusai une fosse dans le jardin, à l'ombre des bambous et des bananiers.

Quand le trou fut assez profond, nous allâmes chercher la pauvre enfant, et nous posâmes doucement son corps frêle sur sa dernière couche. Je jetai des fleurs sur elle, — les fleurs qu'elle préférait; — puis Tom fit retomber la terre et combla la fosse.

Quand tout fut fini, nous roulâmes sur la tombe une grosse pierre assez plate pour que Tom, qui ne manque pas d'habileté, pût y graver ces mots :

CI-GIT CORAH

A cette inscription le nègre, grand

amateur de symboles, ajouta un serpent qui se mord la queue.

Quant à Sinnassamy, je l'avais envoyé chercher dès le lendemain. L'incendie que j'avais allumé avait heureusement limité ses ravages à la grotte, et on me rapporta le reptile en assez bon état.

C'était un magnifique *bothrops lanceolatus,* — un spécimen des plus rares.

Vous pouvez le voir, du reste..... tenez!... là..... sur cette planche..... le troisième bocal à gauche.

Imp. Jouaust.

DU MÊME AUTEUR

En préparation :

AVANT DE MOURIR

FANTASMAGORIE PSYCHOLOGIQUE

LES PÊCHEURS DE PERLES

Pour paraître prochainement :

LA PIERRE PHILOSOPHALE

CONTE FANTASTIQUE

PAR

F. J. ALBERT LOUIS

4405 — Paris, imp. Jouaust, rue St-Honoré, 338.